AF364029

VENTE

Du Jeudi 6 Juin 1907

HOTEL DROUOT, SALLE Nº 10

A DEUX HEURES 1/2

TABLEAUX MODERNES

AQUARELLES, PASTELS, DESSINS, ESTAMPES

par Divers

ET

DIX TABLEAUX

PAR

A. GUILLAUMIN

COMMISSAIRE-PRISEUR

Mᶜ GASTON FRANÇOIS

23, rue Le Peletier

EXPERT

M. L. MOLINE

14 *bis*, rue Saint-Georges

CATALOGUE

DE

TABLEAUX

par

ÉMILE BERNARD, DAUMIER, GAUGUIN, CH. GUILLOUX, LUCE, PICASSO,
RENOIR, H. DE TOULOUSE-LAUTREC, ETC.

DIX TABLEAUX

PAR

A. GUILLAUMIN

AQUARELLES — PASTELS — DESSINS

par

BOTTINI, JULES CHÉRET, ALBERT GUILLAUME, HELLEU, LEHEUTRE,
LUCE, MANET, CLAUDE MONET,
PISSARO, RENOIR, ODILON REDON, JEAN VEBER, WILLETTE, ETC., ETC.

ESTAMPES

Dont la vente aura lieu

HOTEL DROUOT, SALLE N° 10
LE JEUDI 6 JUIN 1907
A DEUX HEURES 1/2

COMMISSAIRE-PRISEUR

M° GASTON FRANÇOIS
23, rue Le Peletier

EXPERT

M. L. MOLINE
14 *bis*, rue Saint-Georges

EXPOSITION PUBLIQUE
LE MERCREDI 5 JUIN 1907, DE 2 HEURES A 6 HEURES

CONDITIONS DE LA VENTE

Elle sera faite au comptant.

Les adjudicataires paieront *dix pour cent* en sus des enchères.

Paris. — Imp. de l'Art, Ch. Berger et Cⁱᵉ, 41, rue de la Victoire

DÉSIGNATION

TABLEAUX

BERNARD (E.)

1 — *Nature morte.*

CHAUDET

2 — *La Mer à Fécamp.*

COUSTURIER (Lucie)

3 — *Nature morte.*

DAUMIER (H.)

4 — *Le Sonneur.*

Panneau.

(N° 4, *Exposition Daumier.*)

DUVIEU (Attribué à)

5 — *Venise.*

ÉCOLE MODERNE

6 — *Forêt de Fontainebleau.*

GAUGUIN

7 — *Paysage : Bretagne.*

GAUSSON

8 — *Village, environs de Lagny.*

GUILLAUMIN

9 — *Crozant. Hauteurs de la Creuse.*

GUILLAUMIN

10 — *La Seine à Ivry.*

GUILLAUMIN

11 — *Gardeuse d'oies.*

GUILLAUMIN

12 — *Quais de la Seine à Ivry, matin.*

GUILLAUMIN

13 — *Saint-Palais-la-Pierrère, marée basse.*

GUILLAUMIN

14 — *L'Arbre.*

GUILLAUMIN

15 — *Chemin montant.*

GUILLAUMIN

16 — *Les Ruines de Crozan.*

GUILLAUMIN

17 — *Moulin (Hollande).*

GUILLAUMIN

18 — *Hauteurs de la Creuse.*

GUILLOUX (Ch.)

19 — *Notre-Dame.*

GUILLOUX (Ch.)

20 — *Coucher de soleil à Chatou.*

GUILLOUX (Ch.)

21 — *Coucher de soleil à La Frette.*

HÉREAU (J.)

22 — *Paysage.*

LUCE (Maximilien)

23 — *Femme couchée.*

MATHEY (Paul)

24 — *Marine.*

PICASSO

25 — *La Vieille.*

RENOIR (A.)

26 — *Fillette au chapeau.*
     Cadre en bois sculpté.

RENOIR (A.)

27 — *Fillette en rouge.*
     Cadre en bois sculpté.

ROUSSEAU (Gabriel)

28 — *Le Mur du parc.*

REDON (Odilon)

29 — *Le Centaure.*

ROY

30 — *Au Théâtre.*

TOULOUSE-LAUTREC (H. DE)

31 — *Femme de profil.*

TOULOUSE-LAUTREC (H. DE)

32 — *L'Enfant au chien.*

VOS (H.-M.)

33 — *Nature morte.*

AQUARELLES, PASTELS

DESSINS, ESTAMPES

ANGRAND (CHARLES)

34 — *La Prairie.*
> Dessin.

BOTTINI (GEORGES)

35 — *Fille.*
> Aquarelle.

CHÉRET (JULES)

36 — *Déjeuner sur l'herbe.*
> Pastel.

GUILLAUME (ALBERT)

37 — *Confidence d'une aveugle.*
> Dessin.

GRAVEROLLES

38 — *Séduction.*
> Aquarelle.

GUILLAUME (Albert)

39 — *Guy de Maupassant, Symbole et Portrait.*
　　Dessin.

HELLEU

40 — *Tête de Jeune Fille.*
　　Dessins aux crayons de couleurs.

LEHEUTRE

41 — *La Tisane.*
　　Pastel.

LUCE (Maximilien)

42 — *« Amazas » portrait de l'auteur.*
　　Dessin.

MANET (Edouard)

43 — *A la brasserie.*
　　Dessin à l'encre de Chine.

MONET (Claude)

44 — *Paysage.*
　　Pastel.

PASCAL

45 — *L'Oasis.*
　　Aquarelle gouachée.

PISSARRO (CAMILLE)

46 — *La Ferme*.

Aquarelle gouachée.

RENOIR

47 — *Le Lever*.

Sanguine.

WILLETTE

48 — *Les Lapins*.

Dessin.

VEBER (JEAN)

49 — *La Marmite*.

Dessin.

50 — Estampes par Bernard, Carrière, Maurice Denis, Fantin-Latour, Henri Martin, Guillaumin, Helleu, Hermann (Paul), O. Redon, Lunoy, Maurin, X.-K. Roussel, Whistler, etc., etc. (Ce lot sera divisé.)

51 — Objets non catalogués.